DRÔLES DE COCHONS!

Robert Munsch
Illustrations de Michael Martchenko

Texte français de Christiane Duchesne

Éditions
SCHOLASTIC

Catalogage avant publication de Bibliothèque et Archives Canada

Munsch, Robert N., 1945-
[Pigs. Français]
Drôles de cochons! / Robert Munsch ; illustrateur, Michael
Martchenko ; traductrice, Christiane Duchesne.

(Munsch, les classiques)
Traduction de: Pigs.
ISBN 978-1-4431-2517-8

I. Martchenko, Michael II. Duchesne, Christiane, 1949- III. Titre.
IV. Titre: Pigs. Français. V. Collection.

PS8576.U575P5314 2013   jC813'.54   C2012-906229-4

Édition publiée par les Éditions Scholastic, 604, rue King Ouest, Toronto
(Ontario) M5V 1E1 avec la permission d'Annick Press.
5 4 3 2 1   Imprimé au Canada   119   13 14 15 16

Pour Meghan Celhoffer,
de Holland Centre,
en Ontario

Au moment où Mégane va partir pour l'école, son papa lui demande d'aller nourrir les cochons.

— S'il te plaît, Mégane, va nourrir les cochons. Mais n'ouvre pas la barrière. Les cochons sont bien plus futés que tu ne penses. N'ouvre surtout pas la barrière!

— Non, je n'ouvrirai pas la barrière, dit Mégane. Surtout pas! Non, monsieur. Non, non, non, non et non.

Mégane s'en va donc à l'enclos. Elle regarde les cochons. Les cochons la regardent.

— Oh! qu'ils ont l'air bête, dit-elle. Quelles têtes de zozos! Même si j'ouvrais la barrière, ils resteraient là sans bouger.

Mégane entrouvre la barrière. Les cochons sont immobiles et la fixent bêtement. Ils ne bougent pas d'un poil.

— Ils ont l'air vraiment bête, répète Mégane. Même si la maison prenait feu, ils resteraient là sans bouger.

Mégane ouvre la barrière un peu plus. Les cochons sont immobiles et la fixent bêtement. Ils ne bougent pas d'un poil.

— EH VOUS! TÊTES DE ZOZOS!
crie Mégane.

Les cochons bondissent, se ruent
sur Mégane HOP! HOP! HOP! HOP! HOP!
et franchissent la barrière.

Quand Mégane se relève, il n'y a plus un seul cochon en vue.

— Oh non! Quelle affaire! Les cochons ne sont peut-être pas si bêtes, après tout.

Elle s'en va vite avertir son papa. En arrivant près de la maison, elle tend l'oreille. Un bruit vient de la cuisine.
GROUIN! GROUIN! GROUIN!

— Ce n'est pas la voix de maman. Pas celle de papa non plus. On dirait des cochons.

Mégane jette un coup d'œil par la fenêtre. Son papa est à table devant son déjeuner. Un des cochons boit son café, un autre mange son journal, un autre fait pipi sur ses chaussures.

— Mégane! crie son papa. Tu as ouvert la barrière! Fais sortir ces cochons immédiatement!

Mégane entrouvre la porte d'entrée.
Les cochons restent là et la regardent.
Elle ouvre grand la porte et crie :
— EH VOUS! TÊTES DE ZOZOS!

Les cochons bondissent, se ruent sur
Mégane HOP! HOP! HOP! HOP! HOP! et
sortent de la maison.

Mégane court derrière eux, les pousse
dans l'enclos et ferme la barrière. Elle les
regarde et leur dit :
— Vous avez vraiment l'air bête!

Puis elle court à l'école. Juste au
moment où elle va ouvrir la porte,
elle entend :
GROUIN! GROUIN! GROUIN!

— Ce n'est pas la voix de mon enseignant. Pas celle de la directrice non plus. On dirait des cochons.

Mégane regarde par la fenêtre. Un cochon boit le café de la directrice, un autre mange son journal, un autre fait pipi sur ses chaussures.

— Mégane! crie la directrice. Fais sortir ces cochons!

Mégane entrouvre la porte de l'école. Les cochons restent là. Elle l'ouvre un peu plus. Les cochons ne bougent pas d'un poil. Elle ouvre grand la porte et crie :
— EH VOUS! TÊTES DE ZOZOS!

Les cochons bondissent, se ruent sur Mégane HOP! HOP! HOP! HOP! HOP! et sortent de l'école.

Mégane entre dans la classe. Elle s'assoit à son pupitre.
— Ça y est! Me voilà débarrassée de ces cochons.

Puis elle entend un bruit.
GROUIN! GROUIN! GROUIN!
Elle ouvre son pupitre et aperçoit un petit cochonnet.
— Mégane! crie l'enseignant. Fais sortir cette tête de zozo immédiatement!

— Tête de zozo? dit Mégane. Qui a dit que les cochons étaient bêtes? Ils sont très futés. Et ce petit cochonnet, je vais le garder pour moi.

À la fin de la journée, l'autobus scolaire arrive enfin. Mégane s'approche et entend : GROUIN! GROUIN! GROUIN!

— Ce n'est pas la voix du conducteur. On dirait des cochons.

Elle monte les marches et regarde dans l'autobus. Un cochon est au volant, d'autres cochons mangent les sièges, d'autres encore sont couchés dans l'allée.

Le cochon conducteur ferme la porte, conduit l'autobus jusqu'à la ferme de Mégane, traverse la basse-cour et mène les cochons à leur enclos.

Mégane descend de l'autobus, traverse la basse-cour et entre dans la cuisine d'un pas décidé.

— Les cochons sont dans l'enclos, dit-elle. Ils sont revenus tout seuls. Les cochons sont bien plus futés qu'on ne pense.

Depuis ce jour, Mégane ne laisse jamais sortir les animaux.

En tout cas, plus jamais les cochons.

D'autres livres de Robert Munsch